dans le vent

raconté par Marizabel
illustré par Françoise Amadieu

le chic animal
ÉPIGONES

Légère et virevoltante dans une robe multicolore, mademoiselle Papillon annonce avec gaieté le début de l'été à ses amies les fleurs, qui sont malades de jalousie.

Modèle *Froufrou*
à admirer chez *Prairies*.

Mannequin vedette chez les Gaulois : monsieur Coq est vêtu d'un ensemble marron, vert et jaune, à crête rouge, qu'il endosse avec fierté, dès le lever du soleil, devant toutes les poules admiratives.

Modèle *Cocorico*
à admirer chez *Basse-cour*.

Voici l'un des vêtements conçus par le Créateur : la célèbre cape rouge à pois noirs de mademoiselle Coccinelle. Elle porte bonheur. Existe aussi en... porte-moteur, avec des roues.

Modèle *Bon Dieu*
à admirer chez *Jardins*.

Pour l'été exclusivement, madame Guêpe vous présente un tailleur rayé noir et jaune, spécial pique-nique. Attention à l'essayage : il reste souvent des aiguilles !

Modèle *Spécial Piqûre*
à admirer chez *Plein Soleil*.

Monsieur Colvert est un bon sportif. Il s'apprête à plonger dans sa tenue préférée. Grand champion, il ne se sert jamais de tuba. Par contre, les palmes sont toujours là.

Modèle *Plongeon*
à admirer chez *Lacs d'Europe*.

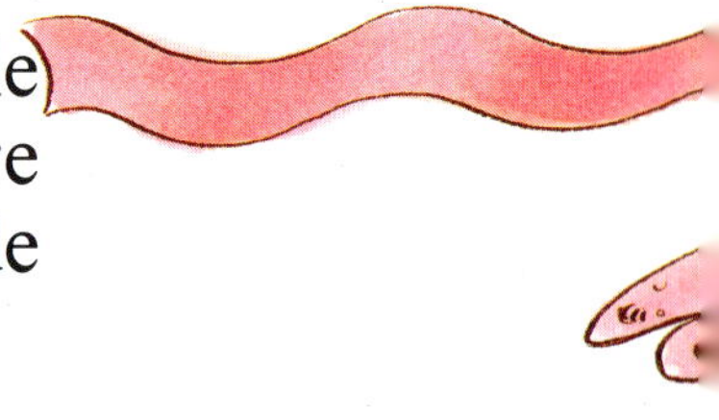

Mademoiselle Flamant n'aime que le rose. Ce tutu en plumetis découvre avec délicatesse ses superbes jambes de danseuse.

Modèle *Lagune*
à admirer chez *Afrique*.

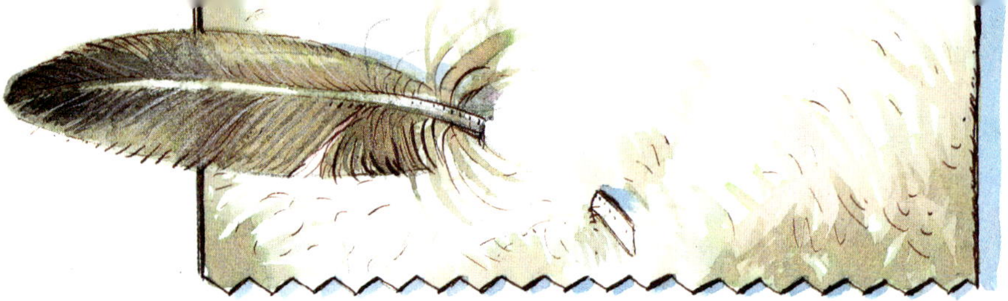

Pour planer au-dessus des cimes, pilote Vautour porte un modèle unique : le blouson aérodynamique à décollage incorporé.

Modèle *Aviateur*
à admirer chez *Amérique*.

C'est les vacances ! Soleil, plages et cocotiers. Mademoiselle Perroquet, hôtesse, parlant plusieurs langues couramment, vous accueille dans un paréo aux couleurs vives.

Modèle *Exotique*
à admirer chez *Amazonie*.

Monsieur Huppe, dit « Plume de la prairie », a une technique de chasse qui nécessite une tenue particulière, bien connue chez les Indiens.

Modèle *Parure de guerre* à admirer chez *Pâturages d'Europe*.

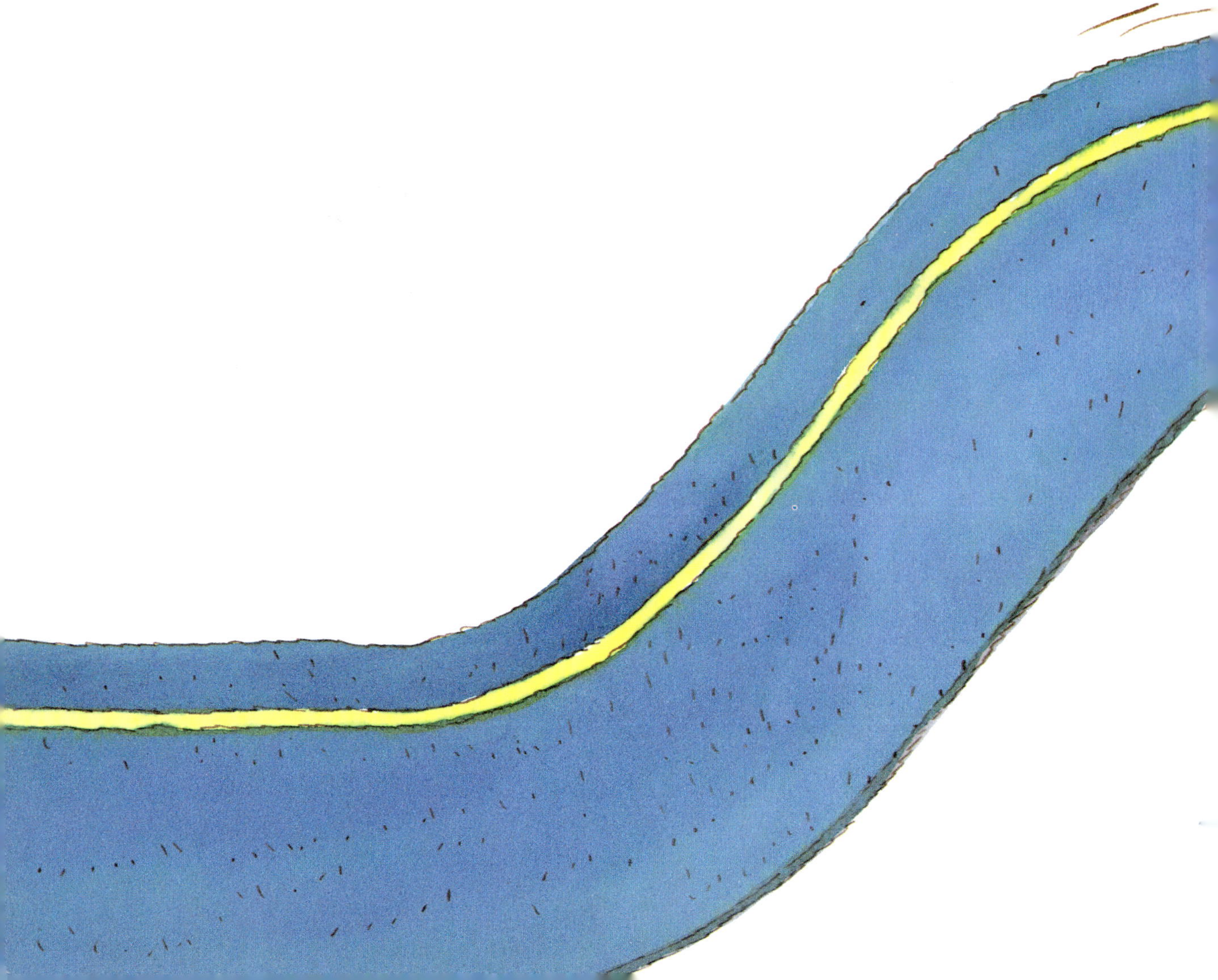